한 사람의 닫힌 문

창비시선 429

한 사람의 닫힌 문

초판 1쇄 발행/2019년 1월 31일
초판 9쇄 발행/2024년 12월 17일

지은이/박소란
펴낸이/염종선
책임편집/박지영
조판/황숙화
펴낸곳/(주)창비
등록/1986년 8월 5일 제85호
주소/10881 경기도 파주시 회동길 184
전화/031-955-3333
팩시밀리/영업 031-955-3399 편집 031-955-3400
홈페이지/www.changbi.com
전자우편/lit@changbi.com

ⓒ 박소란 2019
ISBN 978-89-364-2429-9 03810

* 이 책은 서울문화재단 '2017년 문학창작집 발간지원사업'의
  지원을 받아 발간되었습니다.

한 사람의 닫힌 문

박소란 시집

창비

차
례

제1부

제2부

제3부

제 1 부

벽제화원

죽어가는 꽃 곁에
살아요

긴긴낮
그늘 속에 못 박혀

어떤 혼자를 연습하듯이

아무도 예쁘다 말하지 못해요
최선을 다해
병들 테니까 꽃은

사람을 묻은 사람처럼
사람을 묻고도 미처 울지 못한 사람처럼

쉼 없이 공중을 휘도는 나비 한마리
그 주린 입에
상한 씨앗 같은 모이나 던져주어요

죽은 자를 위하여

나는 살아요 나를 죽이고
또 시간을 죽여요

목

목이 자라났다 한숨 자고 일어났더니
목이
천장에 닿을 만큼 쑥쑥 길어져

긴 것은 기차 기차는 빠르다

나는 어디론가 실려가고 있었다
빠르게 빠르게
시간은 굉음의 바퀴를 굴렸다

동물원 같은 곳으로 가려나보다
기린처럼 매여 어슬어슬 풀을 뜯어야지
사람들이 몰려와 손가락질을 하면 더 부지런히 뜯어야지

이런 틈에도
목은 계속해서 자라나

빠른 것은 비행기 비행기는 높다 높은 것은

천장을 뚫고 허공 가운데 쑥쑥 길어져

하늘은 푸르다 푸른 것은

슬픔으로 가득 차올라

한숨 자고 일어났더니
나는 보이지 않고 어디론가 실려가고 없고
목은
나의 목은

괜스레 먹먹해진 목청을 가다듬고 앉아
노래를 불렀다

노래만 불렀다

개를 찾는 사람

누구에게나 개는 있습니다
어떤 개는 별안간 사라집니다 알 수 없는 곳으로

개란 원래 그런 것입니다
개의 세계를 온전히 이해하기란 불가능한 것입니다

어떤 사람은 사라진 개를 잊지 못합니다 잊지 못해 병이
들곤 합니다
어떤 사람은
개가 되고 싶습니다 사람을 버리고, 고작
사람을

개의 보드라운 털과 먼 곳을 응시하는 눈빛 같은 것을
사랑하게 됩니다

그는 차츰 개를 닮아갑니다
개처럼 곤히 웅크리거나 또 금세 몸을 일으켜 컹컹 짖곤
합니다
컹컹 울곤 합니다

그 모습을 알아채는 이는 많지 않습니다

개는 어디에 있나요 잃어버린 개를 찾는 사람은
전봇대에 나붙은 전단을 물끄러미 들여다봅니다 칠흑
의 혀를 빼문 골목을 서성이다 맥없이 주저앉곤 합니다
다시 네발로 터덜터덜 돌아와 눕곤 합니다

영원을 생각합니다 다른 무엇도 아닌 개로 인해
신은 존재합니다
당신은 왜 개의 얼굴을 하고 있습니까 신이시여
개의 얼굴로 기도합니다

무릎을 꿇고 앉아 고개를 숙인 사람 곁으로 앙상한 뼈다
귀를 입에 문 사나이가 다가와 넌지시 속삭입니다
개는 돌아올 것입니다 개를 찾는 사람에게로
어느날 문득 예의 희고 기다란 꼬리를 흔들며, 안녕

보이지 않는 개가 한 사람을 유유히 끌고 갑니다

어떤 사람은 별안간 사라집니다

쓰러진 의자

고아처럼 웅크려 잠이 들었네

얘야,
무슨 꿈을 꾸었니?

이상한 꿈을 꾸었어요 꿈에서 저는 의자가 되었어요

의자로 살다 의자로 죽었어요

저런, 악몽이로구나

무서워요
사람들이, 모르는 사람들이 다가와요 자꾸만 죽은 몸을
일으켜 세워요 자꾸만

무슨 꿈을 꾸었니? 물어요

저는 거짓말해요
아무 꿈도 꾸지 않았어요

비닐봉지

알 수 없는
무엇을 생각하는지 무엇을 좋아하고 또 그리워하는지

퇴근길에 김밥 한줄을 사서
묵묵한 걸음을 걷는

묵묵한 표정을 짓는
입가에 묻은 참기름 깨소금을 가만히 혀로 쓸 때마다
알 수 없는,
참 알 수 없는 맛이다

밥을 먹을 때면 늘 한 사람의 얼굴이 떠오르고
어째서
그것은 죽은 사람의 얼굴인가

쉽게 구멍이 나는

버리면 된다, 이런 밤은
세상에 얼마든지 있다, 검게 읊조리는

자정이 지난 골목을 혼자 서성이는
까닭도 없이
달리는
내처 나는, 날아보는, 제 더러운 날개를 찢어버리려는
새처럼
어디로든

언제든
도무지 썩지 않는

심야 식당

당신은 무얼 먹고 지내는지
궁금합니다
이 싱거운 궁금증이 오래 가슴 가장자리를 맴돌았어요

충무로 진양상가 뒤편
국수를 잘하는 집이 한군데 있었는데
우리는 약속도 없이 자주 와자한 문 앞에 줄을 서곤 했
는데
그곳 작다란 입간판을 떠올리자니 더운 침이 도네요
아직
거기 그 자리에 있는지 모르겠어요
맛은 그대로인지

모르겠어요
실은 우리가 국수를 좋아하기는 했는지

나는 고작 이런 게 궁금합니다
귀퉁이가 해진 테이블처럼 잠자코 마주한 우리
그만 어쩌다 엎질러버린 김치의 국물 같은 것

좀처럼 닦이지 않는 얼룩 같은 것 새금하니 혀끝이 아린
순간
순간의 맛

이제 더는
배고프다 말하지 않기로 해요 허기란 얼마나 촌스러운
일인지

혼자 밥 먹는 사람, 그 구부정한 등을 등지고
혼자 밥 먹는 일

형광등 거무추레한 불빛 아래
불어 선득해진 면발을 묵묵히 건져 올리며
혼자 밥 먹는 일

그래서
요즘 당신은 무얼 먹고 지내는지

미역

미역이 사라지지 않는다

지난밤 이끌리듯 불 앞에 서서 한 냄비 미역국을 끓였을
뿐인데
허겁지겁 한덩이 찬밥을 말았을 뿐인데

사라지지 않는다
이불 속으로 손을 뻗으면 한줌 미역이 무섭게 엉긴 한다
발 머리칼이
빈몸을 휘감고
빈방을 넘실거리고, 살려줘 애걸하는 모양으로

사라지지 않는다
미역은,

대체 무엇일까 책장 맨 구석 크고 두꺼운 책을 찾아 펼
치자
미역은 있다 어김없이
핏기를 잃은 종이 위에 목이 꺾인 활자 위에

입가에 마른 미역 부스러기를 묻힌 채 떠도는 창밖의 사
람을 바라보다가
당신도 미역국을 먹었습니까
한마디 건넸을 뿐인데
한차례 눈을 마주 보았을 뿐인데

그는 몹시 운다
갈 곳을 모르는 귀신같이
머리를 풀어 헤친 채로 깊고 뜨거운 물속에 잠긴다

미역은 순식간에 불어나 짭조름한 살냄새를 피우고

누구의 생일입니까 오늘은
누구를 위해 미역국은 끓고 있습니까

사라질 듯 사라질 듯
한그릇 밤이 사라지지 않는다

끈

잡을 수도 놓을 수도 있다

짐짓 골똘한 표정으로
헐거운 매듭을 만지작대며 답을 미룰 수도 있다

나는 지금
교외로 향하고 있다 버스는 이상하리만큼 굼뜨고
창밖 도로변에는 꽃들이 빽빽이 심어져 있다 이상하리
만큼
눈이 부셔

슬며시 훔쳐다 감거나 묶을 수도 있다
괴성을 지르며 말라비틀어질 때까지
사랑할 수도 있다

사랑은 아닐 수도 있다
엉클어진 시간을 풀 수도 그냥 내버려둘 수도 있다

적당한 크기와 모양으로 조각을 내어

아무 바닥에나 던져버릴 수도 있다
오래 벼린 칼이 있고 마침 칼은 가방 속에 있고

나는 지금
교외로 향하고 있다 끈과 칼은
이상하리만큼 닮았고

끊을 수도
더 잘 끊을 수도 있다

울 수도 웃을 수도 있다

물을 마신다

누군가 내 집에 다녀갔다 내가 없는 사이
물을 한모금 마시고 갔다

긴긴밤을 걸어 집으로 돌아왔을 때
컵은 반쯤 비어 있고
아니, 반쯤 차 있고

참으로 이상한 일

컵은 조용히 일러주었다 나를 찾아온 누군가
빈 식탁 앞에 한참을 앉았다 갔다고
말 못할 속내를 다독이듯 물을 따라 한모금 삼키고 갔
다고

무슨 연유에서인지, 나는
그를 알 것만 같고
타는 표정을 몸짓을 짐작할 수 있을 것만 같고

참으로 이상한 일

한번은 더 찾아오리라
그 누군가
공연히 기다리는 이의 마음이 되어

끓는 자리에 누워
물을 생각한다 한 파리한 입술이 스민 물을,
고작 물을
한모금 마신다

누군가
누군가
누군가

내 집에 왔다
미처 돌아가지 못하고 어느새 혼곤한 잠이 들었다

눈

눈은 생겨났다

눈이 슬퍼서,라고 누군가 말했을 때

다섯개 열개 스무개의 눈을
나는 가졌다

날이 갈수록 눈은 더 늘어나 겁도 없이

눈은 보았다
도처의 눈을
도처의 눈과 눈이 마주쳐 우는 광경을

나의 눈은 보았다

휴지통 속 웅크린 작고 검은 눈동자를 한참 들여다보다
나를 버리고 오는 일이 잦았다

눈이 슬퍼서,라고 말했다

스무개 서른개 마흔개의 눈이
나를 가졌다

슬픔이 나를 바라보았다

손잡이

손잡이를 잡는다 그가 잡은 것을 그녀가
그녀가 잡은 것을 그가
잡는다

마치 사랑을 하는 사람들처럼

서로가 서로의 손을 잡는다
잡았다 놓는다

그러다보면
문은 스르르 열리곤 하는 것이다 어쩔 수 없다는 듯
아귀힘을 풀곤 하는 것이다
문의 순순한 가슴팍을 두드리며 사람들은 쉴 새 없이 들
어오고 나간다
어디로 향하는지도 모른 채

끊임없이 문이 열리고 닫히는 사이
손잡이가 돌고 도는 사이
손들은 너무 쉽게 뜨거워지고, 함께 가요 우리 문 저편

그럴듯한 삶을 시작해봐요

　　그러다보면
　　남몰래 열이 든 손잡이도 그만
　　손이 되고 말 것 같지만
　　꼭 쥔 주먹을 풀고 엉거주춤 하나의 주머니 속을 파고들
고도 싶지만

　　손은, 아니 손잡이는
　　그러지는 않을 작정이다
　　그렇게는 하지 않을 작정이다

깡통

걷어차면 소리가 난다
울음보다 웃음에 가까운

소리는 그럴듯하다 어디에서나 들을 법한 소리
어디에서나 마주칠 법한 표정

지금껏 궁리해왔다 아주 사소한 무언가를

아무도 눈여겨보지 않는
가던 길을 멈추고 문득 갇힌 뒤통수를 응시하는 일 따위
없는, 텅 빈

사람을 원치 않아요 진심입니다

누군가 손을 내밀면
재빨리 찌그러질 것 우스꽝스럽게 나자빠질 것

울음보다 웃음에 가까운

지금껏 궁리해왔다 버리는 일을 골몰해왔다

나로 인해 깡그리 버려지는

나를

주워 들면 약간의 물기가 돈다
불투명한, 그리고 미지근한

빛의 주인

문틈으로 새어나온 빛,
한줄기 가느다란

복도를 지나다 보았다
문 앞에 멈춰 잠시 빛의 연한 몸뚱이를 쓸어보았다
아주 어리고 아주 순한 빛이었다

빛의 주인을
나는 알지 못한다

한동안 곁을 어슬렁거리던
빛은
꼬리를 흔들며 다가와 마른 손등을 핥는가 싶더니
어느새 나를 피해 멀찍이 달아났다

어두운 복도를 종종종 걸어서
찬 허공을 사뿐사뿐 날아서
빛 쪽으로
빛 쪽으로

빛은 서서히 멀어져갔다
그 모습을 잠자코 지켜보았다
빛은
돌아보지 않았다

곧 문이 열릴 것이다
세상에서 가장 어두운 얼굴이 나를 불러 세워
빛의 행방을 추궁할 것이다

제 2 부

검정

검정은 있다

세수를 하고 수건을 집어 들 때나 젖은 손으로
쌀을 씻을 때 갓 지은 밥을 풀 때
검정을 본다

수시로 고개를 드는 검정
방 곳곳에 숨어 있다 내가 다가가면 깜짝 놀래는 검정

너는 대체 누구니?
늦은 시각 들른 어느 상가(喪家)에서 묻어온 것인지
제 몸만 한 개미를 지고 가던 개미인지 장지(葬地)의 흙
인지

손을 뻗어 잡으려 하면 이내 도망쳐버리는 검정
뜻 모를 이름의 벌레처럼 수많은 발을 달고서

나는 공연히 이불 밑이나 호주머니 속을 들춰보게 되고
비명을 지르게 되고

검정은 없지만, 분명
검정은 있다

밤이면 쓰다 만 일기 속에 슬그머니 다가와 속삭인다
너는 대체 누구니?

버려야겠다 이 어두운 방을,
생각하지만
문을 열면 이내 성큼 따라나서는 검정

검정은 나를 입고 잠시 외출한다

계단

계단을 오른다
발목을 붙잡는 손이 있다
모르는 손이다
놓아주지 않는다
계단이 아니라고 말한다
그런 말을 믿지 않는다
조심해, 같은 말을
좋아하지 않는다
한걸음
한걸음
계단을 오른다
올라 기어코
내가 당도하려는 곳은 어디일까
생각을 더듬으며
오른다 서늘하고 각진 생각들을
오른다 걸음은 차츰 빨라지고
한걸음
한걸음
손은 어디에 있나

그는 왜 말이 없나
계단을 오른다
멈추지 않는다
계단이 아닐 것 같아
조심해, 말하게 될 것만 같아

로드킬

죽은 것이 있다 어쩌면
죽어가는 것이

죽어가는 것은 무엇인가
너와 내가 어딘가를 향해 서둘러 갈 때
건널목에 잠시 멈춰 신호를 기다릴 때

형체를 알 수 없는 것이 있다 어쩌면
형체를 알 것도 같은 것이
그러므로 흉하고 끔찍한 것이

그러므로 어쩐지 눈을 뗄 수 없는
그것이

자꾸만 고개를 돌려 내가 그것을 볼 때
왜,
묻던 너의 얼굴은 조금씩 슬퍼지고

아마도 나는 좋아하고 있다

비명을 지르는 척 속으로 탄성을 지르고 있다

깨진 컵
피 흘리는 손, 그런 손을 맞잡을 때
아마도 나는 사랑하고 있다

사랑하는 것은 무엇인가
컵인가 손인가
피 묻은 컵을 들고 웃는 나인가

나는 무엇인가
건널목에 잠시 멈춰 신호를 기다릴 때
핏발 선 너의 눈처럼 붉은 것이

그러므로 한없이 아름다운 것이 있다

너와 내가 땀이 흥건한 손을 맞잡을 때 그때
왜,
너는 내게서 눈을 떼지 못하는가

자다 일어나 장롱을 열었다

자다 일어나 장롱을 열어봤다
누가 있을 것 같아서

거기서 뭐 해요? 물으면
기다려요
기다리고 있어요

고개를 갸웃거리며 자리로 돌아와 눕자
이불이 길게 한숨을 뱉었다 천장이 기울어지며 잇달아
밭은기침을 쏟았다
어떤 신호가 아닐까

악몽이 어른대는 창
벌어진 커튼 사이로 해쓱한 어둠이 다가와 보란 듯 주저
앉았다
그 곁에 우두커니 서서 손을 내민 한 사람

누구인지
누구를 기다리고 있는지

커튼을 열어젖혔다, 놀라 황급히
커튼을 닫았다
어서 빨리 잠들어야 했다

엎드려 베개에 얼굴을 묻었다
돌아보지 않는다

거기서 뭐 해요?

돌아보지 않는다

상추

퇴근길에 상추를 산다
야채를 먹어보려고
좀 건강해지려고

슈퍼에서 한봉지 천오백원
회원 가입을 하고 포인트를 적립한다
남들처럼 잘 살아보려고

어떤 이는 화분에 상추를 기른다는데
아 예뻐라 정성으로 물을 주면서

때가 되면 그것을 솎아 먹겠지

상추를 먹으면
단잠에 들 수 있다는데
상추가 피를 맑게 한다는데

나는 건강해질 것인가
상추로 인해

행복해질 것인가

밥을 데운다

냉장고에서 묵은 쌈장을 끄집어낸다
상추가 포장된 비닐을 사정없이 찢는다
찢은 비닐을 쓰레기통에 내동댕이치는 나는
행복해질 것인가

상추는 나를 사랑할 것인가

양말

양말을 벗을 수 없다
이 속에 죽은 발톱이 있다고

고백할 수 없다
어둡고 습한 것 불길한 것이 있다고
나는 있다고

흔한 상처일 뿐인데 겨우
발톱일 뿐인데

죽은 발톱 하나가 나를 짓누르고 있다고

이야기할 수 없다
죽은 발톱이 되어가고 있다고 실은 죽어가고 있다고

네 앞에서는 괜히 엄살을 부리게 된다
양말은 왜 양말인가
발이 아닌 손에 목에 얼굴에 죄다 양말을 신고 싶다고

고백할 수 없다
너의 눈을 똑바로 쳐다볼 수 없다
너는 다만 생각하겠지
당신은 참 수줍음이 많은 사람이군요

그런 너를 좋아하지 않을 수 없다
그런 네게로 걸음을 옮기지 않을 수 없다
너는 알 수 없겠지

양말을 벗어본 적 없는 내가
너의 곤한 맨발을 오래 들여다보는 이유

귀신의 집

밤마다 누가 자꾸 문을 두드린다 그런 환청을 듣는다
이것은 정말 환청일까
이 오래된 건물에는 귀신이 산다는데
인간의 불빛을 찾아 긴한 말을 청한다는데, 과연

창밖엔 늙은 대나무가 여럿 늘어서 있고 바싹 마른 몸을
이리저리 흔들며 창을 기웃대고
공포영화의 익숙한 장면처럼
201호도 203호도 모두 두려움에 떨고 있다 뛰는 심장을
그러쥐고 간신히 잠에 든다
하지만 결국
나를 찾아왔구나 202호인 나를

나는 잠시 망설인다
불시에 문을 열어젖히는 건 어떨까
워! 도리어 귀신을 놀라게 만들 수도 있지 뒤로 나자빠
지는 그 빈 몸뚱이를
방으로 들여 아랫목에 앉힌 다음

좋은 차가 있어 이걸 마시면 외롭지 않게 돼, 한잔 권할 수도
죄어 묶은 머리를 풀어 헤치고서

이제야 집에 든 기분인걸 편히 누워 잠들 수 있을 것 같아 나는

뜨거운 차를 조금씩 들이켜다
문득 골똘해진다 하고 싶은 말이 있었는데 생각이 나지를 않아

바랜 소복 차림의 초췌한 몰골은 어느새 보이지 않고

문을 열자
와락 안겨드는 한줄기 비명, 아아, 밝고 따스한
이것은 정말 환청일까

마음

찻잔을 든다
뜨거운 잔을 입가로 가져와 후후 분다, 상처에 괜한 입
김을 불어대듯이
지금 이 잔은 조금씩 깨어지고 있다고

마주 앉은 당신은
찻잔에 그려진 이국의 꽃들을 매만지며
예쁘다 예쁘다 한다

손가락이 더 예쁜걸요 내 말에
슬며시 웃는 당신,
지금 이 손가락은 조금씩 시들고 있다고

지금 당신과 나는 조금씩 이곳을 떠나고 있다고

왜 그렇게 말해요?
당신은 그만 화를 내고
왜 자꾸 불행을 아는 체해요? 그러면, 그러면 뭐가 좀 있
어 보일 것 같아?

그게 아니라 내 마음은 그런 게 아니라
굳이 말하지 않고

찻잔을 든다
잔은 적당히 미지근하고 당신의 손길을 받아 핀 꽃들도
더는 예쁘지 않다

예쁘지 않다 예쁘지 않다

그런 나는 조금씩 안심하고 있다고
당신 귓가에 조용히 속삭이고 싶지만

곁에 없는 당신
지금 당신은 조금씩 어두워지고 있다고, 빈방에 들어
외투도 벗지 않은 채 주저앉은 당신은
구겨진 얼굴을 감싸 쥐고서 아무도 모르게 운다

그런 당신 곁에 나는 조금씩 있을 수 있다고

아기

저 작고 무른 것을
사람들은 어떻게 기르나 어떻게
사랑하나

저 알 수 없는 것을
자꾸만 꼬물꼬물 숨 쉬는 것을

부둥켜안고 어디로 달려가나
순백의 울음소리가 병원 복도를 번쩍이며 스칠 때
더운 가슴팍을 할퀼 때

사람들은 아프고
잇따라 울고

또 어떻게 웃을 수 있나

저 작고 무른 것을 두고
살아야겠다
살아야겠다 기도할 수 있나

불 꺼진 진료실 앞
멀거니 앉아 순서를 기다릴 때 어떤 삶은
까무룩 쓰러지듯 잠들 때

울음소리는 멈추지 않고
더욱더 선명하고

어떻게 웃을 수 있나
어떻게

나는 태어날 수 있나

생동

벽에 박힌 못이 움직여요
한눈을 파는 사이

어제는 왼쪽에 있던 못이 오늘은 오른쪽에
머리 저 위에 있던 못이 가슴에, 가슴 한가운데에

그림을 한점 걸어두었는데
어느 밤
눈에 익은 풍경이 천장에 들러붙어 있었죠
충혈된 형광등 곁으로 이국의 바다가 넘실대고
그곳 해변에서 나는 작은 불가사리를 하나 주웠답니다
그걸 머리맡에 두고서야 간신히 잠이 들었어요

옷을 한벌 걸어두었는데
그걸 입고서 바람 부는 해변을 쏘다니기도 했는데
옷은 금세 사라졌어요 내가 알지 못하는 먼 곳
먼 못에 걸려 있다는 소문이군요

여기 숨을 고르는 못에

발가벗은 나를 걸어두어요 아주 조금만

방긋 웃을 수 있게

못은 어디에 있나요, 못에 걸린 나는
한눈을 파는 사이

오, 이마에 붉은 구멍이 났군요, 아프지 않군요

파

그릇이 하나 생겼는데
한번도 본 적 없는 아름다운 그릇이
아버지는 어디에서 이런 것을 주웠을까 내 늙은 아버지는
물어도 대답이 없고

죽은 사람이 쓰다 버린 것인가봐요
이토록 아름다울 리 없어요 살아 있다면
이토록 아름다운 것을 내다 버릴 리 없어요

아버지는 그릇에 국을 푸고 밥을 말아 후루룩 넘긴다
잇새에 낀 밥알을 내어 꼭꼭 씹는다

죽은 사람이 쓰다 버린 것이 틀림없나봐요
자꾸만 물을 쏟아요 홀린 듯 숟가락을 놓쳐요 아버지는
불길한 예감이 들어서

간밤에 저는 울었어요
그릇에 고봉으로 퍼 담은 밥과
그것을 받아 드는 한 사람을 생각했어요

그것을 넋 없이 바라보는 한 사람을 생각했어요
아무도 그 밥을 먹지 않는데

무서워요 아버지, 아름다운 것은
무서워요

빈 상가(喪家)를 그득 메운 향냄새처럼
떨치기 어려운
이것은 누구의 그릇인가요
돌려줘야겠는데 제발 제자리로 가져다 놓아야겠는데

버려도 사라지지 않는다
그릇은
힘껏 내던져도 깨어지지 않는다

아버지는
그릇을 깨끗이 닦아 엎어놓은 뒤
새벽보다 먼저 일어나
햅쌀을 씻는다 쪼그라진 손으로 밥솥의 잠긴 문을 연다

외삼촌

꼭 누가 쫓아오는 것 같아
뒤를 보면 아무도 없다 뒤를 보면 다시 뒤를 보면

한밤중
집 안을 두리번거리다 무심코 곁방 문을 열면
불 꺼진 방 가운데 먼지를 뒤집어쓴 잡동사니, 슬그머니
고개를 드는
외삼촌?
여기서 뭐 해?

외삼촌은 언제부터 있었나
소변을 누고 물을 한컵 마신 다음 겨우 자리로 가 눕자
일어나 어서,
나를 깨우는 소리

열여덟에 한쪽 다리를 잃었다는 외삼촌
그해 가을 수학여행을 가지 못한 것이 내내 서러웠다
는데

창가에 앉아 멍하니 바깥을 내다볼 때면
절름거리며 절름거리며
흩날리는 잎새와 구름과 구름의 빈 바지통을 흔드는 짓
궂은 하늘과

외삼촌은 언제부터 있었나
눈이 마주치자 어서어서 손짓해 부른다

아무도 만나지 않았다 어두워지기 전에 집으로 돌아왔다
꼭 누가 쫓아오는 것 같아

외삼촌, 그러고 보니
외삼촌은 내가 나기도 전에 죽었잖아
잘 알지도 못하면서 외삼촌은 자꾸

일어나 어서
그만 울고 어서

원룸

비의 꿈을 꾼다

윗방이 이사를 오고 난 후 줄곧
장대처럼 굵고 거센 오줌 소리를 듣는다

밥을 먹으며 듣는다
잠을 자며 듣는다

침대에 누워
그 소리를 가만히 듣다보면 천장이 왈칵
쏟아져내릴 것 같다 꿈은
흥건히 젖어 막무가내로 불어 어디론가 떠내려갈 것만
같다

지금쯤이면 그의 꿈도 흐르고 있겠지, 내가 오줌을 누면
우산도 없이 우리는 만나
꿈과 꿈은
눈도 제대로 맞추지 못한 채 인사를 나누겠지

누렇게 얼룩진 아침은 황급히 뒷걸음쳐 숨겠지

우리는 서로를 사랑할 수 없겠다
기어코
우리는 서로를 사랑할 수밖에 없겠다

그 사랑은 참 우습고 더러운 사랑
우리는 자주 거짓말을 하겠지 지그시 서로의 귀를 막
으며

그래
아무래도 여긴 너무 따뜻하다고

감상

한 사람이 나를 향해 돌진하였네 내 너머의 빛을 향해
나는 조용히 나동그라지고

한 사람이 내 쪽으로 비질을 하였네 아무렇게나 구겨진
과자봉지처럼
내 모두가 쓸려갈 것 같았네
그러나 어디로도 나는 가지 못했네

골목에는 금세 굳고 짙은 어스름이 내려앉아

리코더를 부는 한 사람이 있었네
가파른 계단에 앉아 그 소리를 오래 들었네
뜻 없는 선율이 푸수수 귓가에 공연한 파문을 일으킬 때

슬픔이 왔네
실수라는 듯 얼굴을 붉히며
가만히 곁을 파고들었네 새하얀 무릎에 고개를 묻고 잠
시 울기도 하였네

슬픔은 되돌아가지 않았네

　얼마 뒤 자리를 털고 일어나 나는, 그 시무룩한 얼굴을
데리고서
　한 사람의 닫힌 문을 쾅쾅 두드렸네

말해보세요

아름다움을 보았습니다
아름다움이라, 우리가 그렇게 부르던 것의
몰라보게 야윈 모습을

어떻게 지내는 거니?
다가가 묻는 대신 먼발치 창가에 턱을 괴고 앉았습니다

아름다움은
멈칫 고개를 돌려 내 쪽을 바라보았습니다
눈이 마주칠 뻔도 하였습니다

나는 재빨리 딴청을 피웠지요
겁이 나서
아름다움의 아름다운 옛 얼굴이 떠오르면 어쩌나
이제 와 어쩌나

다만 보았습니다 아름다워서 흉이 진 그 얼굴을

어느 낯선 길로 들어 도망치듯 멀어지는

뒷모습을
내도록 혼자 보았습니다
당신에게선 소식이 없었지요

말해보세요 당신,
우리가 어떤 슬픔을 저지른 것인지
슬픔은 왜

또 끝끝내 아름다워지려 눈물을 감추는 것인지

불이 있었다

불이 있었다

당신은
갓 지핀 불의 활활한 조각을 주머니 깊숙이 넣어 가지고
와서
버스를 기다리는 내 손에 슬그머니 쥐여주고는 했다
겨울이었고 밤이었고
나는 그것을 늦은 저녁을 짓거나 흑백 꿈속을 채색하는
데 썼다

우리는 자주 불에 대해 이야기했다
그 무방비의 감정에 대해,
나도 모르게
손바닥을 활짝 펴 불을 쬐는 시늉을 할 때가 많았다
오래 추위에 떨다 난로 앞에 와 비로소 참았던 울음을
터뜨리는 아이처럼
얼굴은 우스꽝스럽게 일그러지고

서둘러 돌아가야 했다 나는

겨울이었고 밤이었고

버스는 오지 않았다
손은 뜨겁게 타올랐다 도리 없이 불끈 주먹을 쥐고서
나는 달렸다

당신, 당신에게로

불을 끄려면
불 가까이 더 가까이 다가서야 한다고

습관

돌아서면 머리카락이 자라고 손톱이 자란다
잠시도 눈을 뗄 수 없다

마음이 어수선할 때마다 머리를 자르는 습관이 있다
손톱을 깎는 습관이 있다
밤에 손톱을 깎으면
슬픈 것을 보게 된다는데

신기하기도 하지
영정에는 유독 먼지가 잘 앉고
이제는 그런 생각을 한다 어서 말끔히 닦은 다음 보자기
에 싸서 장롱 깊은 곳에 넣어두어야겠다,
영정을 껴안고 흐느끼던 때가 엊그제 같은데

머리카락이 자라고 손톱이 자란다
조금도 쉬지 않고 자란다

마음이 어수선할 때마다 청소를 하는 습관이 있다
걸레를 들고 방바닥에 널브러진 새카만 머리카락을 주

워 들면
　　신기하기도 하지

　　그 가닥가닥 돋아난 팔과 다리
　　눈 코 입

　　죽은 줄 알았는데, 웃고 있다

약

약을 사 들고 달려가는 밤
한 사람이 냉골에 누워 앓는 밤

심장이 화끈거린다
가파른 오르막
숨이 터져나온다 골목 곳곳 익은 숨이
밥물처럼 흘러 흘러넘쳐
때 낀 밥그릇을 껴안고 잠든 개들을 깨운다
개들을 향해 헐떡이며 짖어대는 나의
그림자 짙붉은

나는 살아 있구나

나는 살아 있구나
이 활활한 것을 어서 가져다주어야지

한 사람이 냉골에 누워 앓는 밤
식어버린 죽은 한정 없이 식어가고

언 벽에 매달린 시간은 자꾸만 고개를 떨구고

어서, 어서

신음으로 자욱한 밤, 이내 고요한
폭설이 쏟아질 듯
뛰는 손으로
그 밤의 문을 힘껏 열어젖힌다

뒤늦게 문병이라도 온 것처럼 태연한 먼 친척처럼,
병은 그러나
나를 알아보지 못한다

전기장판

전기장판에 누워 겨울을 난다
어떤 추위에도 끄떡하지 않는다 부연 입김이 터져나오
는 꿈이라도
따뜻하다 이 방은 참 따뜻한 곳이다 알 수 있다

아버지도 나도
전기장판에 누워 겨울을 난다 그러므로 우리는 따뜻하
다 따로 또 같이
믿을 수 있다

종일 떨다 돌아온 날에는 온도조절기에 빨갛게 불이 들
어온 것만으로 안심이 된다
세상 끝 옥탑에 보일러가 도는 기분

외출할 땐 꼭 끄고 나가셔야 해요 꼭이오 당부할 때마다
아버지는
알았다 좀처럼 대답하지 않고

피를 마르게 한다는데

온수매트를 사야 하나 얼마짜리를 사야 하나 이따금 고
민도 하지만

　지금은 버릴 수 없다 취한 바람이 창을 때리는 초저녁
　금빛 장판 위에 쓰러지듯 누운 아버지는 어느덧 새근새
근 잠이 들고

　피를 마르게 한다는데

　일부러 장판을 켜지 않은 날에는
　무거운 이불을 머리끝까지 당겨 덮게 된다 죽은 척
　짓궂은 장난을 치는 아이들처럼,
　아버지도 나도

　전기장판에 누워 겨울을 난다
　어떤 슬픔에도 끄떡하지 않는다

위령미사

깨어나보니
그곳은 노래의 방이었다
형제 자매가 둘러앉아 노래를 불렀다
아름다운 노래를 불렀다

쉿, 안토니아
지금은 미사 중이란다

괜스레 비어져나오는 웃음을 참지 못해
혼이 나곤 했다

제발, 안토니아

노래는 계속해서 이어지고 아름다운 노래는
아름다워서
따라 흥얼거려보았다
음표의 보드라운 얼굴을 가만가만 들여다보았다

낡은 미사포를 감싸는 둥근 빛,

그 빛이 이끄는 대로
눈을 감고 곤한 꿈길을 걸어보았다

아름다운 노래는
더 아름다운 노래를 불렀다 도무지 참을 수 없는
웃음, 웃음이

방을 떠나지 않았다

제발, 안토니아
이제 그만 우리를 보내주렴

가여운 계절

가볍다를 가엽다로 읽는다

허공에서 길 잃은 구름처럼 새처럼 가여운 것이 있을까,
하고

창을 열면
늦여름의 주름진 햇살이 고꾸라지듯 밀려든다 참 가엽
게도

플라타너스의 바랜 옷자락을 붙들고 선 저 잎새는
어제보다 오늘 더 가엽고
초록의 실연을 훔쳐보던 사람들의 눈빛도 덩달아 가엽다

가여운 저녁의 발걸음으로
슈퍼에 가 수박을 한덩이 산다
이 크고 단단한 것을 껴안고 콘크리트 계단을 오르는 기
분이란

조금도 가엽지 않은 것,

가엽다를 가볍다로 읽어야 한다

위층에서 걸어내려오는 너의 인사는 깃털 같다
내게서 황급히 멀어지는 네가
나는 가볍다

맴맴

그 여름의 숲에서 당신은 물었지
낯선 초록을 멍하니 바라보던 내게 물었지
왜 우는가
왜 너는 울어야만 하는가

짐짓 어리둥절한 채로 나는
초록 속으로 초록 속으로 쉼 없이 걸어들어가고
당신은 물었지
세상 가장 근심 어린 얼굴로
왜 우는가
무엇이 너를 울게 하는가

나는 무거운 외투를 벗고
신발도 가방도 놓고
초록을 한송이 꺾어 슬며시 주머니 속에 넣었지
오래오래 그것을 길러볼 요량으로

언젠가 한번은 당신을 초대할 요량으로

당신은 물었지
왜 우는가
왜 우는가

나는 그만 길을 잃고 싶었네, 무성한 초록 속에

당신을 오롯이 남겨두고

슬픈 일은 모두 사라져
시간이여,
이제 달려간대도 나를 싣고 저 멀리 가버린대도

누가 자꾸

누가 자꾸 나무를 심어요
방 안 가득 넘실대는 초록, 벌써 내 키만큼 자랐죠

누가 자꾸 문을 두드려요
두개 세개의 묵직한 자물쇠를 걸어둔 것인데

벽을 허물고 천장을 부숴요 누가 자꾸

갓 구운 해를 잘라 아침 접시 위에 놓아요
그 먹음직스러운 빛, 아아
포크를 든 나는 거의 신음할 뻔했죠

이게 무슨 일인지 몰라
불을 끄고 또 꺼요

늙은 벽시계는 갓난쟁이가 되어
웃네요 별안간
어둠의 말간 젖을 빨며 노네요

이게 무슨 일인지
누가 자꾸
허기를 훔쳐가요 울음을 가져가요

넘실대는 초록, 그 사이사이 여문
빨강

빨강을 하나 따다 반으로 쪼개어볼까 재미 삼아
손을 뻗어 시늉하면
누가 자꾸
손을 가져가요 꼭 붙들고 놓아주지 않아요

모델하우스

그녀는 아까부터 집 앞에 서 있다 문에는 入口 팻말이
군색한 포즈로 매달려 있고
사람들은 말도 없이
신발도 벗지 않은 채로 그녀의 집을 들락거린다

새 침대와 새 소파와 새 식탁이 놓인 저 값비싼 집을
하나쯤 나도 가져봤으면,
하찮은 농담에도 그녀는 곧장 난처한 기색이 되어 고개
를 떨어뜨릴 것 같다

나는 다만 유리창 너머를 들여다보고 싶었을 뿐, 저 두
꺼운 빛나는 유리창에
살을 대어 노크해보고 싶었을 뿐

집은 대꾸하지 않을 것 같다
집은 살지만 실은 아무도 살아 있지 않을 것 같다

인사도 없이 사람들은
그녀의 집을 떠난다 그녀를

떠난다

여섯시가 되면
순식간에 집의 불은 꺼지고, 꺼지지 않고, 어쩔 줄 몰라
하며
그녀는 여전히 서 있다
왜 집에 안 가요? 묻는 사람도 없이

괜스레 그녀는 어두운 게 싫어서요

괜스레 나도
알록달록한 전단 뭉치를 핸드백처럼 움켜쥔 그녀의 손
을 잡고
밥이나 먹어요 우리 같이 밥 먹으러 가요

벽

슬퍼 모로 누웠을 때
가만가만 등을 쓸어주는 손길이 있었다
벽,
하나의 벽이 있었다

언제부터
벽은 거기에 있었나
벽에 기대어 생각했다 벽의 아름다운 탄생에 대해

벽은 온화하고 벽은 진중하니까 벽은 꼭 벽이니까

슬픔을 멈추고 잠시 축배를 들었다
그때
벽에서 새어나온 비밀스러운 속삭임

쉿, 아침이 오고 있어

빛이 스며드는 베란다를 훔쳐보다 얄브스름한 커튼을
매만지다

그래 내일은 커튼을 바꾸자
보다 두껍고 견고한 것으로

벽 쪽으로 누워
잠을 청했다 불길한 꿈이 찾아들었다
벽이 무너져 엉엉 우는 꿈

누가
벽을 부수었나 대체 누가

놀라 눈을 떴을 때
아침이 왔다 벽은
색색의 이지러진 얼굴을 감추며 어디론가 황급히 달아
나버리고

누가, 그 누가

부른 적 없는 사랑이 쳐들어왔다

병원

잘못했어요
용서를 빌었다
그러나 아무도 대꾸하지 않고

벌을 받게 될 것이었다
하얀 침대에 하얀 얼굴로 누운 이들을 몰래 관찰하면서

두툼한 마스크를 쓰고 신음으로 꽉 찬 복도를 산책하
면서

애들아, 여기서 그렇게 웃으면 안된다
사람이 있잖니
아직 죽지 않은 사람이

벌을 받게 될 것이었다
무수한 지문이 득실거리는 회전문을 밀고 유유히 밖으
로 걸어나가면서

붕대를 휘감고 경련하는 햇살 앞에 참 아름답다 중얼거

리면서

　애들아, 아니다
　나는 아니다

　벌을 받게 될 것이었다

　용서를 빌었다
　간신히 웃음을 참는 얼굴로
　살려주세요 말할 수 없었다

깊이 좋아했던 일

산에 한그루 나무를 심었다
비좁은 화분에 듬쑥한 잎이며 가지를 거머안고 신음하던
나무

언젠가 깊이 좋아한 사람에게 선물로 받은 것인데
내게서 시들어버리지는 않을까 노심초사하던 것인데

이제 산에서 쑥쑥 자라렴 화분 같은 건 잊고

누군가에게 이 일을 이야기하자 웃으며 그는
유기(遺棄)로군, 말했다

유기로군, 나는 웃지 않았다

산을 떠올렸다
나무를 품은 비옥한 흙과 바람과 햇살 같은 따스한
그 산의 모든 것들

정말일까 그러나

산은 정말 산일까 흙과 바람과 햇살은,
그 사람은
지금 청청한 빛으로 살고 있을까

좋아한다는 것은 무엇일까 깊이 좋아한다는 것은

막무가내로 엉긴 생각의 뿌리가 풀리지 않았다

산에 올랐다
나무를 찾아 한참을 두리번거렸지만
나무는 보이지 않고, 산에는 나무가 너무 많아
이토록 많은 나무는 누구의 소행일까

썩어 비틀어진 등걸에 맥없이 주저앉았다

산의 부름을 받는 일이 남았다

내일

유리창이 깨어졌습니다
놀라지 않았습니다

누가 돌을 던졌을까요?

막무가내로 들이친 햇살을
넋 없이 바라보았습니다
깨어진 창으로

한발 한발 조심스레 다가섰을 때
반짝이는 파편이
나를 조금 달뜨게 했지요

피 흘리는 낯으로
밥을 먹고 잠을 잤습니다 새벽이 오면
습관처럼 서성대는 어둠을 달래러 나갔습니다
깨어진 창으로

누가 사과하러 올까요?

모르는 사이

당신은 말이 없는 사람입니까
이어폰을 꽂은 채 줄곧 어슴푸레한 창밖을 내다보고 있
군요
당신은 무슨 생각을 하고 있습니까

우리를 태운 7019번 버스는 이제 막 시립은평병원을 지
났습니다 광화문에서부터 우리는 나란히 앉아 왔지요
당신의 이름은 무엇입니까

나는 인사하고 싶습니다
당신이 눈을 준 이 저녁이 조금씩 조금씩 빛으로 물들어
간다고
건물마다 스민 그 빛을 덩달아 환해진 당신의 뒤통수를
몰래 훔쳐봅니다
수줍음이 많은 사람입니까 당신은

오늘 낮에 혼자 밥을 먹었습니다 행복한 사람들이 가득
한 광장을 혼자 걸었습니다
언젠가 당신은 그곳에서 우연히 친구를 만난 적이 있지

요 밥이나 한번 먹자 악수를 나누고서 황급히 돌아선 적이
있지요

　나는 슬퍼집니다
　그렇고 그런 약속처럼 당신은 벨을 누르고 버스는 곧 멈
출 테지요
　나는 다만 이야기하고 싶었습니다 오늘의 변덕스러운
날씨와 이 도시와 도시를 둘러싼 휘휘한 공기에 대해 당신
무릎 위 귀퉁이가 해진 서류가방과 손끝에 묻은 검뿌연 볼
펜 자국에 대해

　당신은 이어폰을 재차 매만집니다
　어떤 노래를 듣고 있습니까 당신 아무리 귀를 기울여도
들리지 않는
　그 노래를 나도 좋아합니다

　당신을 좋아합니다 당신의 이름은 무엇입니까

　문이 열립니다 자리를 털고 일어난 당신이 유유히 문을

나섭니다 당신의 구부정한 등이 저녁의 미지 속으로 쓸려
갑니다

　　우리는 헤어집니다 단 한번 만난 적도 없이

　　나는 인사하고 싶습니다
　　내 이름은 소란입니다

나의 거인

너는 조금씩 작아지고 있다
어제는 앉은뱅이책상만큼 오늘은 책상 서랍만큼
서랍 속에 숨어 숨죽이고 있다

나는 종일 책상 앞에 있다
너를 잃고 싶지 않아서

작은 것들을 궁리하고 있다
보일 듯 말 듯 한 글자, 글자와 글자 사이 희미하게 찍힌
점 같은 것

언젠가 너는
내가 알지 못하는 어떤 책 속에 살게 될까
너를 찾기 위해 그 미지를 모조리 찢어버릴지도 모른다

그래, 나는 전전긍긍하고 있다
작아지고 작아져서 무엇으로도 머물지 않을 너를
내가 사랑할 수 있을까

내가 기억할 수 있을까

그럴수록 나는 조금씩 커지고 있다
거인이 되고 있다 더는 네 앞에 설 수 없는 흉측한 몰골
이 되어
너를,

너를 닮은 것들을 붙들고 쉼 없이 달아나려는 그것들을
책상 곳곳에 묶고 가두며

나는 종일 책상 앞에 있다
책상은 조금씩 낡고 있다

그럴수록 나는 조금씩 커지고 있다, 나의 거인은
빈 책상을 지금 맹렬히 사랑하고 있다

웅덩이

울음을 멈출 수는 없을 거라 생각했어요
뺨을 감싸 쥔 두 손은 젖어 물크러질 거라 생각했어요

물,
이라는 말은 어째서 이다지도 청승스러운 것인지
한컵 물을 따라 내밀면 아니요 누구든 사양할 거라 생각
했어요

사람들은 부주의하고
그러므로 자주 발을 헛딛곤 하니까

우는 얼굴을 빤히 들여다보곤 하니까
이 속에 무엇이 있나 과연 이것은 진짜인가, 그러다
일렁이는 눈망울에 비친 한 탁한 표정에 놀라 저만치 달
아나고 말 거라
그렇게 생각했어요

조심하세요
살아 있습니다 나는 말했지요 처음 당신이 들어섰을 때

고요히 흔들린 채였고

울음을 멈출 수는 없을 거라 생각했어요

이 길을 지나 집으로 가는 내내
내 집은 아주 깊은 곳에 있습니다 말했지요 겁주듯 말했
지요
당신이 문득 되돌아 몸을 던졌을 때

어차피 장난이라 생각했어요
아무도 익사하지 않는 꿈이라 생각했어요

잃어버렸다

그것을 잃고 난 후
이제 나는 그 어떤 것도 잃을 수 있게 되었다

세상에는 잃을 것이 너무 많고
그것은 어디에나 있고

여느 일요일과 같이
늦잠에서 깬 뒤 머리핀을 찾아 방 안을 두리번거리다 알
게 되었지
살면서 머리핀 하나 잃어버리지 않는다는 건 얼마나 부
자연스러운 일인가
기다렸다는 듯 머리칼은 흩어지고 조금의 아픈 기색도
없이
아 따분해 다시금 잠들고

이 얼마나 자연스러운 일인가

잃어버렸다,는 말은
아름다운 것이다 그것을 잃고 난 후

자신도 모르는 사이 사라진 그것을 아주 갖지 않는다
는 것
갖지 않고도 산다는 것 그러므로

이제 나는 더 아름다워질 수 있게 되었다
머리핀이 아니라 해도

내게는 잃을 것이 너무 많고
그것이 아니라 해도, 내가
아니라 해도

세상에는 내가 너무 많고

어느 일요일 아침
늦장을 부리며 눈을 뜬 나는
자신도 모르는 사이 사라질 것이다 수없는 내가 그래
왔듯

나는 또 살게 될 것이다

정다운 사람처럼

화를 내는 것 굳게 팔짱을 끼고 성마른 등을 보이는 것

이제 막 하나의 심장을 받아 소용돌이치는 사람처럼 이
별을 모르는 사람처럼

미안, 하면 눈물이 돈다 처음부터 미안을 기다려온 사람
처럼 단지 미안만을
고개를 떨군 채 말없이 내민 손을 붙드는 것

비 갠 오후 성당 돌담길은 더없이 평온해
세상 마지막 인사인 듯

물기 번진 잎사귀를 매달고 걷는 것
바람이 살랑이고 슬며시 웃음이 고이고 잠시 잠깐 기도
를 떠올리는 것

토라졌다 때마침 화를 푼 사람처럼
하늘의 표정은 맑고 사랑에 빠질 듯 찰랑거리고 모든 게
그만 괜찮아

괜찮아, 하면 눈물이 돈다

이별을 모르는 사람처럼 살아 이토록 정다운 사람처럼

엄마와 용달과 나는

엄마는 용달을 타고 왔다 부산에서 서울까지 용달은 살림을 싣고 왔다
새벽이었다

골목을 파고드는 억센 엔진 소리에 깨어 문을 열었을 때
엄마는 고장난 세탁기처럼 서 있었다 땟물을 껴입은 채
옹송그린 세간을 용달은 장갑도 끼지 않은 손으로 성큼 집어 들었다

반지하 창으로 서랍장이 들어가지 않아 한참을 끙끙거리던 용달이 에이 씨이바알 가래가 섞인 욕을 카악— 내뱉고
놀란 서랍장은 조금 기우뚱거렸다 그 주눅 든 몸뚱이를
엄마의 손등이 슬며시 쓸고 갔다
들고 있던 냄비를 그만 내가 떨어뜨리자 어둠에 매인 개들이 기다렸다는 듯 크게 울었다

잔짐들이 주뼛주뼛 방에 드는 동안 나는 음료수를 한잔 따라 가지고 와서 용달에게 건넸다

엄마와 용달과 나는 나란히 서서 음료수를 마셨다

현금이 없어서 그래요, 엄마는 품삯을 조금 깎았다

에이 씨이바알

어느 틈엔가 깨진 거울이 문패처럼 대문 앞에 남았다 모
른 척 차에 오른 용달은
  급히 시동을 걸었다 남포동 공판장으로 가서 오징어를
날라야 한다고 했다

제 3 부

천변 풍경

이토록 많은 사람들이 살고 있다 걷고 있다 힘차게 팔을
흔들며
오고 가는 풍경
이 속에 나는 있다
지금은 안심할 수 있다

나는 걷고 있고 그러므로 살고 있다

자전거에 오른 연인이 둥글게 둥글게 달려간다
물 위로 사뭇 흩뿌려진 웃음의 경적, 몸을 씻던 해오라
기 몇 푸드덕거리며 새를 흉내 내고
살아 있는 것, 억새처럼
흰 것 가느다란 것
자꾸만 동작하는 것

지금은 알 수 있다
나는 걷고 있고 그러므로 살고 있다 힘차게 팔을 흔들며

개천은 흐른다

나는 계속 걸어갈 것이다 모퉁이를 돌아 다시 걸어올 것
이다

　살아 있는 것 우측보행을 하는 것, 무심코

　바닥에 말라비틀어진 지렁이를 밟는다
　이 어줍은 것
　꿈틀거리며 몸을 일으킨다 해도 가벼운 목례로써 앞질
러 종종종 멀어진다 해도
　나는 놀라지 않는다
　건강하므로 지금은 건강할 것이므로

고맙습니다

많이 밝아졌다고 했다 보기 좋다고도 했다
나는
세게 더 세게 입꼬리를 당긴다

지난 계절에는 사막으로 여행을 떠났다 군데군데 죽지
못한 풀, 풀들을 보았다
두 손 두 발로 모래언덕을 기어오른 뒤 야호—
탄성을 지를 수도 있다 이제 어떤 풍경을 보고 아름답다
말할 수도 있다
카메라 앞에 서서 브이를 그리고
엽서를 쓰기도 한다
고맙습니다

어제는 몇통의 전화를 받았다
너무 힘들다 말하는 사람과 너무 행복해 말하는 사람
전화를 끊기 전 그들은 모두
너는 모를걸 너는 절대 모른다

미안합니다

잘 지내니? 그때 우리 참 좋았는데 말하는 사람
누구냐고 물었다
글쎄 맞혀봐 내가 누군지 맞혀봐

알 수 없지만
나는
많이 밝아졌다고 했다 보기 좋다고도 했다

고맙습니다
이것은 처음이자 마지막 여행,
더는 떠나지 않을 수 있다 지금 여기는 얼마나 먼 곳인지

사진을 찍을 때마다 질끈 눈을 감는다
보지 않고도 알 수 있다
나를 발견한 사람들이 피식 웃고 있다

손

우리는 자주 다툰다
너는 고집이 세고 언제나 나를 이긴다

한 사람을 향해 갈 때

한 사람으로부터 힘겹게 돌아서 올 때
느닷없이 너는
한 사람을 부른다 더없이 긴한 몸짓으로
불러 세운 뒤 그 팔을 목을 끌어다 잡는다

나는 당황스럽다
너의 상스러운 행동이 지나치게 진지해 우스꽝스러운
표정이

한 사람은 놀란다
마음을 호주머니 깊숙이 찔러 넣은 채
재빨리 달아난다
어쩔 수 없다는 듯

나는 붙든다
버림받은 자 특유의 파리한 몸뚱이를 다섯개의 가느다
란 리본으로 얼기설기 포장한
너를

누구인가
누구의 슬픈 애인인가

나는 껴안는다 껴안고야 만다
나도 모르게
주먹을 쥐면 그만 한줌 꿈으로 부서져버릴 것 같은
너를

나는 왜 고작 손인가 우두커니 생각에 잠긴
너를

이 단단한

공중에서 벽돌 한장이 떨어졌다 발치에 닿은 이 단단
한 것
이 캄캄한 것
이것은 과연 벽돌이고

나는 조금도 부서지지 않았다
여전히 아스팔트 위를 걷고 여전히 살아 있다, 마치 죽
은 듯
벽돌을 닮았다

괜찮아요, 또 금세 잊겠죠, 같은 말을 한다
무던한 사람이라고, 당신은 나를 그렇게 알면 좋겠다

벽돌에게도 밤은 있고
또 그 밤을 뜬눈으로 지새우며 아픈 기도의 문장을 읊조
리기도 할 테지만
그것은 단지 벽돌의 일
당신과는 무관한 일

미안해하지 않아도 좋아요, 같은 말도 한다

당신은 여전히 아스팔트 위를 걷고 여전히 살아 있다
벽돌의 바람대로

아름다운 사랑을 한다 시를 쓴다
아름다운 시는 거리 곳곳을 날고 그러다 지치면 당신 품
에 들어 쉰다

나는 과연 벽돌이고 아무렇지 않은 얼굴로
이따금 몸을 던진다
당신은 벽돌을 던진 적이 없다

가발

알고 있다고 말하지 않는다 감쪽같아요,
그 순간

너는 어떤 표정을 지을까

가발을 고쳐 쓸 때면
한쪽 입꼬리를 슬쩍 올리기도 할까 나는 불안하다
수시로 걱정스러운 얼굴이 되어 거울 앞에 선다
멀끔하게 꾸며진 신촌 뒷골목 모텔 방에서

섹스는 해도 잠은 자지 않는, 한 침대에 나란히 눕지 않는
그런 게 다 가발 때문은 아닐 것이다

내 사랑은 아무 데서나 벗겨지고 또 구겨진다
우스워진다

끝내 모른 체할 수도 있을 것이다

실은 말이야,로 시작되는 어떤 대화를 기대한 적도 있었

다고
  나는 말하지 않는다

  아무것도 바라지 않아요
  삭은 깍두기 접시를 가운데 두고 함께 밥을 먹는 새벽
  아, 얼마나 소박한지 부연 김이 피어오르는 두개의 뚝배
기가 얼마나 따뜻한지
  이런 게 진짜가 아니라면 뭐겠어요

  한겨울에도 식탁 앞에 앉아 땀을 뻘뻘 흘리는
  너를 보면서
  국을 뜨며 고개를 숙일 때마다 조금씩 어긋나는 정수리
를 훔쳐보면서

  감쪽같아요 정말, 말하지 않는다
  허기진 듯 쉬지 않고 숟가락을 놀리는 것이다 식어가는
국물을 휘젓는 것이다

  아무것도 말하지 않았는데 우리는

들키지 않았는데

사람들은 왜 자꾸 힐끔거리나 뭐라고 귓속말을 주고받
으며 금 간 벽처럼 웃나

고장난 저녁

주전자에 물을 끓인다
끓지 않는다
고장이다
이것 좀 먹어봐요
옆집에서 삶은 감자를 한바구니 내민다
지나치게 감사한다 여러번 머리를 조아린다
어디가 고장인 건지
가스레인지도 보일러도 켜지지 않는 저녁
멀거니 앉아 감자를 먹는다
설익어 설컹거리는 감자를
맛있게 먹는다
먹고 밤새 잔병이나 앓을 것
빈 바구니에 사과 몇알을 가져다 담는다
군데군데 멍이 든 사과를
아무도 먹지 않겠지
다행이다, 빈 바구니를 생각하면
이상하게 목이 메어
캑캑거리며 물을 마신다 끓지 않는 물을

한 사람

사람이다, 자세히 보니 쓰레기 더미였다 종량제 봉투에
말끔히 싸인
밤의 전봇대에 비스듬히 기댄
그를 지나치며 재빨리 고개를 숙였다 눈이 마주칠까봐

누군가 뒤쫓아오는 기척을 느끼고서
달렸다 빨리 더 빨리
정신없이 도망치다보니 아무도 없었다, 아무도

없어요?

벤치에 앉아 알 수 없는 것들을 돌이켜 생각할 때
그 모습을 가만히 지켜보는 사람이 있었다
모른 체 내가 집으로 돌아갈 때까지
발갛게 부어오른 뺨을 매만지고 선 가로등은

꺼지지 않았다

사람이다, 문을 여니

빛이었다 블라인드 틈으로 몰래 기어든
내 빈 책상에 엎드려 곤히 잠든
그를 향해 천천히 다가갔다 주머니 속 언 손을 꺼내어
내밀었다
이내 거두었다 깰까봐 깨어 달아날까봐

쉿!
입술에 손가락을 가져다 대며
돌아보니 아무도 없었다

없어서 돌아보았다

돌아보니 사람이, 숨겨진 사람이 있었다

메리 크리스마스

내가 가진 가장 두꺼운 옷,
옷을 떠올린다
그것을 입으면 춥지 않으리

나에겐 오래된 점퍼가 하나 있고 장롱 가장자리 때를 기
다리듯 잠잠히 걸려 있고

언젠가 세일 중인 백화점 앞 매대에서 고른 것
그것을 입으면 춥지 않으리

하얀 패딩에 하얀 모자가 달린 것 앞자락 플라스틱 단추
가 어느 선한 이의 눈망울처럼 빛나는 것

눈 쌓인 창밖으로
처연한 햇살이 젖은 성냥을 만지작거리는 빌딩 너머로

영하의 날은 계속될 것이다 옷,
옷을 떠올린다
그것을 입으면 춥지 않으리

뒤뚱거리며 걷다 무심코 디딘 빙판에 벌렁 나동그라진
대도 한참을 그대로 멈춘대도
　춥지 않으리

　슬프지 않으리, 보세요 엄마
　눈사람이에요 완전히 얼어붙은
　사람이에요 공연히 빈 놀이터를 기웃대던 아이는 신이
나 웃고

　아이도 엄마도 춥지 않으리
　장롱 속 옷을 꺼내어 입기만 하면

독감

죽은 엄마를 생각했어요
또다시 저는 울었어요 죄송해요
고작 감기일 뿐인데

어디야? 꿈속에서
응, 집이야, 수화기 저편 엄마의 목소리를 듣는데
내가 모르는 거기 어딘가 엄마의 집이 있구나 생각했어
요 엄마의 집은 아프지 않겠구나

병원에는 가지 않았어요
고작 감기일 뿐인데

식후 삼십분 같은 말을 생각했어요 약을 먹기 위해
밥을 먹는 사람을

마스크를 쓰기 위해 얼굴이 돋아난 사람을

오, 이런,
아무 일도 일어나지 않았어요 일어나주지 않았어요

고작 감기일 뿐인데 죄송해요
울먹이면서
멀쩡히 잘 살아갑니다, 실없는 꿈속에서

어디야? 전화를 받지 않는 엄마
거기 먼 집
닫지 못한 문이 있고 여태
늦된 겨울을 건너다보고 있을 엄마, 감기 조심해

점

점이 있었다 한참을 들여다보자
새카만 점이 꿈틀, 꿈틀거리는 것 같았다
가슴을 들먹이며 숨을 쉬다 이따금 고운 혀를 내어 어떤
살뜰한 말을 건네려는 것도 같았다

방바닥에 점이 있었다
가만히 엎드려 점을 보았다 점의 말을 들었다
먼지 같은 농담이 귓가를 간지럽힐 때마다 나직한 웃음
을 웃었다 우리는,
웃었다

아무도 노크하지 않는 방
이 방을 사랑한다고 신에게, 신이라는 이름의 작고 둥근
세계에 기도를 올렸다

점이 있었다 점의 곁에서 잠이 들었다
잠은 새하얀 김이 모락모락 오르는 밥상 같은 것 그 앞
에 앉아 잠시 쉬는 것

잠에서 깼을 때

한마리 개미가 왔다 점을 향해 왔다 눈을 꼭 감고 미동
도 않는 점을

입안 가득 물고 어디론가 멀리 떠나는 모습을

저물도록 나는 바라보았다

선물

상자를 열 수 없다
누가 가져다 놓았는지
상자는 방 가운데 있다 잠자코 있다

아무 소리도 들을 수 없는
아무 냄새도 맡을 수 없는

상자를 헤아리다 하루가 갔다
무언가 들었다면 깨진 것, 분명 깨지고 말 것

아무 이름도 적혀 있지 않은
상자를 열 수 없다

상자를 알 수 없다
안다면 놀랄 것인가 겁이 나 울음을 터뜨릴 것인가

도무지 잠들 수 없다
상자를 헤아리다 밤이 다 갔다 희고 무미한 낯빛이 되어
갔다

상자는 다만
상자
찢기고 뭉개질 것 머잖아 버려진 것들 속에 묻혀 썩고
말 것

잊으면 그만인 것

잊을 수 없다
상자는 있는지 아직 여기 있는지, 죽은 엄마라면
알 것 같다 상자의 안과 밖을 이야기할 수 있을 것 같다

엄마, 하고 부르자

상자의 방 가운데 내가 있다

뱀에 대해

너는 아니?
낡은 시집 속, 몇개의 단어로 지탱하는 여기 어설픈 몸
뚱이 속
똬리를 틀고 앉아 기다란 혀를 우물거리는
어떤 비밀에 대해

어떤 순간에 대해
안색이 좋지 않네 너의 걱정에 글쎄 그런가 고개를 갸웃
거리지만
실은 어서 돌아가고 싶다 나의 방으로

이런 비밀에 대해서라면 언젠가 배운 적이 있지 알 듯
말 듯 한 삶의 금언까지도
그렇다면 오,
환영의 인사를 건네야 하는 건 아닐까 이 징그러운 날들
앞에

웃으며 너는 내 손을 잡을 수 없겠지

다른 무엇도 아닌 뱀이라면
한마리 뱀을 껴안고 잠드는 밤이라면, 그래 뱀이 아닌
무엇이라 해도
껴안지 않고는 견딜 수 없는 이야기라면 말이야

시퍼런 독을 품고 아가 내 귀여운 아가 다독이다보면
밤은 꼬리를 감추고 슬그머니 숨어버리기도 하는걸, 누
군가 접어둔 페이지 사이사이로

그렇지만
한번쯤 고백하고 싶다 일렁이는 너의 두 눈을 바라보며
소리 내어 울고 싶다
말해줘 그만 모든 게 헛것이라고 그만

엄마는 말했지
꿈을 꾸었다고 말했지
항아리의 뚜껑을 열자 숱한 뱀들이 한데 우글거리는 세상
소스라쳐 달아나는 발꿈치를 살무사 한마리가 기어이
뒤쫓아와 물었다고

잠을 깼을 때 배는 부푼 채였고 얼마 뒤 나는 태어났다고

어쩔 도리도 없이
아침은 오고, 빛의 요람 속에 울음은 멋대로 얼크러지
는 것
보란 듯 몸집을 불린 비밀은 이토록 진부한 오색 비늘을
반짝이는 것

그렇다면
그렇다면 오,

너는 아니?
나는 어떻게 기어가야 할까 어떤 표정으로 너를 사랑해
야 할까

애완동물

개 한마리와 고양이 두마리를 기르는 너는
그애들과 한 침대에 누워 잠들고 아침이면 얼굴을 핥아
대는 그애들로 인해 잠에서 깬다고 한다
그애들을 보고 있으면 괜스레 마음이 말랑해져서 이따
금 눈물이 핑 돈다고 한다

아 정말?
나는 커다랗게 뜬 눈을 거듭 깜박인다

어릴 때는 병아리를 기르곤 했는데 그애들이 시름시름
앓을 적마다 학원도 가지 않고 곁을 지켰다고 한다
밤사이 죽은 애들을 놀이터 구석에 묻어주었다고 한다
꽃삽으로 작은 봉분도 만들어주었다고 한다

오 세상에

햄스터는 온순하지만 겁이 많고 기니피그는 쉽게 외로
움을 탄다고 한다
잘 길들여진 고슴도치를 쓰다듬으면 가시를 바짝 눕혀

촉감이 무척 보드랍다고 한다

 네개의 발, 가느다란 꼬리와 복슬복슬한 털을 가진 것
 그런 것들을 생각한다 보풀이 인 쿠션이나 쿠션을 받아
든 의자 같은 것 어깨가 기운 식탁 같은 것은 어떨까
 소리도 표정도 없는 것 가만히 숨을 참는 것

 나는 말하지 못한다
 그애들도 다 알겠죠 내가 없는 틈을 타 작은방 한켠에
웅크려 울기도 하겠죠

 창밖에는 엉거주춤 외발로 서서 과자 부스러기를 쪼는
비둘기, 구구구구구 그 외로운 애에게 너는 다정한 인사를
건넨다

 다음에는 우리 아쿠아리움 쇼를 보러 가요 흰동가리나
에인절피시를 구경해요
 한강에 가서 유람선을 타요 저녁에는 치킨에 맥주를 마
셔요

잘 정돈된 머리칼을 살랑이며 너는 웃는다 나도 따라 온
순한 웃음을 짓는다

  헤어지는 길에 너는 조그만 화분 하나를 건네고, 선물이
에요
  그 붉고 푸른 것을 두 손으로 받아 든 나는
  집으로 가는 내내 알 수 없는 걱정에 휩싸여 멀리서 들
려오는 순찰차의 사이렌 소리에도 별안간 놀란다
  걷다가 또 걷다가
  어느 가로등 아래 내가 아는 가장 환한 곳에 그애를 살
며시 놓아주기로 한다

컵

컵은 아무 데나 놓여 있지
누가 여기에 컵을 가져다 놓았는지 몰라

컵은 말이 없네

살고 있을 뿐
컵의 나날을 다만 컵으로서
한컵 정도,라고 얼버무려 말할 때의 그 사소한 습관으
로서

컵은 텅 비어 있네

어느 추운 날
우연히 만난 당신에게서 커피나 한잔 얻어 마실 수 있
다면,
그런 꿈을 꾸는 게 아닐까 컵은

잠시 웃네,

쟁그랑 소리를 내며
우는 순간도 오지
예의 그 사소한 습관으로서

컵을 든 누군가
피 흘리며 아파하네 컵, 컵 하나 때문에

이렇게 끝나버릴 줄은 몰랐어요, 숨죽인 파편을 멍하니
바라다보네

누가 그로 하여금 컵을 들게 했는지 컵을 깨게 했는지
몰라

그는 다만 커피를 한잔 마시고 싶었지 아주 따뜻한 커
피를

울지 않는 입술

입술을 주웠다
반짝이는 입술이었다

언젠가
참 슬픈 노래로군요, 말했을 때 그 노래가 흘리고 간 것
은 아닐까
넌지시 두고 간 것은 아닐까

서랍 깊숙한 곳 아무도 모르게 숨겨둔 입술

취해 돌아온 날이면
젖은 손으로 입술을 꺼내어 한참 동안 어루만졌다
컴컴한 귀를 두고 입술 앞에 무릎 꿇기도 했다

노래하지 않는 입술, 나를 위해
울지 않는 입술

입술에 내 시든 입술을 잠시 포개어보고도 싶었지만
그만두었다

그 붉고 서늘한 것을
돌려주어야지 슬픔의 노래에게로 가져다주어야지

내 것이 아닌 입술

여느 때와 같이
침묵의 안간힘으로, 나는, 견딜 수 있다

골목이 애인이라면

방금 마트에서 나온 여자, 그녀가 품에 안아 든 것이
아기라면
아직 태어나지 않은 채로 바스락바스락 웃는다면

그녀 곁을 스쳐 쌩하니 멀어지는 것
강아지라면
언제 그랬냐는 듯 꼬리를 흔들며 다가와 그녀의 낡은 슬
리퍼를 핥아준다면

슬리퍼를 탈탈탈 끌며 집으로 돌아가는 여자

그녀의 꽁무니에 붙은 저 어둠의 무늬가 실은
빛이라면
밤마다 빛의 자그만 손이 한땀 한땀 떠 선물한 스웨터
라면

텅 빈 골목이 애인이라면
그녀를 기다리다 어떤 생각에 골똘히 잠긴 그를 향해
힘껏 달려간다면

사소한 웃음소리가 잠시 골목 어귀에 머물다 팔짱을 낀
채로 천천히 멀어진다면

어느새 그녀는 불 앞에 서서 라면을 끓이고
익었나 안 익었나 면발을 건져 후후 불며
있잖아 요 앞 사거리에서 길 잃은 강아지를 봤어, 아냐
어쩌면
강아지가 아닐지도 모르겠다

아닐지도 모르겠다

집이 그 커다란 눈을 반짝이며 그녀를 바라본다면
식탁의 표정은 더없이 따스해
덥석 애인의 손을 잡은 그녀는
가자, 지금 데리러 가자

불쑥

불쑥,이라는 말이 좋아

불쑥 오는 버스에 불쑥 올라 불쑥 아는 사람을 만나는 일
그런 일이 좋아

나는 그에게 사랑을 고백할 텐데 불쑥 우리는 사랑할
텐데

고단을 가득 태운 버스가 우리를 창밖으로 내팽개친대
도 그리고 모른 체 달려간대도
우리는 깔깔 웃을 텐데 별일 아니라는 듯

이봐, 이걸 보라구, 여기 불쑥이란 게 있다구
아하, 그렇군!
걱정 없을 텐데

이제부터 나는 불쑥이 될게, 실없는 농담을 해도 그는
고개를 끄덕일 텐데
어이 불쑥, 반색하며 불러줄 텐데

그러면 대답할 텐데 응, 하고
불쑥이 대신

불쑥은 내가 될 텐데
나는 불쑥 뒤에 숨어 숨바꼭질처럼 살 텐데

우리는 깔깔 웃을 텐데 별일 아니라는 듯

불쑥 왔다 불쑥 갈 텐데 술래도 모르게 나는, 멀리 저 멀
리 갈 수 있을 텐데

시계

움직이고 있다 아직 살아 있다니

아직은
무덤덤한 표정을 유지할 수 있지

퍽 강한 사람이군요, 하는 말을 들을 때면
안심이 돼 그럴 때면
표정을 더 덤덤하게 담담하게

다리를 움직여 길을 걷고
팔을 움직여 밥을 먹어
한번쯤 이 팔로 누군가를 껴안을 수도 있다지만
그렇지만

움직이는 일을 멈추지 않는 것
그런 게 중요하지
낮이나 밤이나 잠든 척 자세를 가다듬는 새벽이나
숨 쉬고 있는 것

괜찮아? 물으면
괜찮아 답하기 위해

아직 살아 있기 위해

아무도 내가 몇시인 줄을 모른다

소요

사람이 있는 풍경,
그 한장의 사진을 본다

눈이 오고 있으므로
사람은 서둘러 걸음을 옮긴다
눈은 쌓이고
사람은 금방이라도 넘어질 듯 휘청거린다

풍경은 잠시도 멈추지 않는다
한 사람의 걸음으로 인해
풍경은 두근거림을 피하지 못한다

나는 본다
반쯤 녹아버린 눈사람과 같은 표정으로
왜 이런 사진을 찍었나
왜 이런 사진을 들여다보나

눈이 오고 있으므로
눈 속 몸부림치는 한 사람으로 인해

눈은 쌓이고
쌓일수록 거세고
사람은 기어코 넘어진다 강마른 무릎을 짓찧는다

풍경 저 바깥 어딘가
손을 흔드는 또다른 사람이 있는가 어쩌면

넘어진 사람은 일어선다
보이지 않는 사람으로 인해
사람은 걷는다
저 바깥 어딘가

그러나 결코 당도하지 못할 한 사람을

나는 본다
눈이 오고 있으므로
눈이 그치지 않고 있으므로

극

걷다보니 혼자다
아무도 보이지 않는다

텅 빈 도시
텅 빈 거리
텅 빈 우체국

여기는 천국일까
지옥일까

전화를 걸어 묻고 싶다
있나요?
살아 있나요?

텅 빈 성당
텅 빈 고해소
무릎을 꿇고 앉아 빈다

혼자가 아니라면

누군가 뒤쫓아온다
총을 들고 온다 그림자처럼 검고 재빠른 누군가

나를 겨누고
탕,
탕,
탕,

살아 있나요?
묻지 않는다

천국에 부고란 없으므로

네가 온다

길바닥 어스레한 구석
피 흘리며 죽어 있는 쥐

춤추던 밤의 그림자들이 흠칫
물러선다 잔뜩 구겨진 모양으로
멀어진다 때때로 비틀거리며 침을 뱉으며

나는 잠시
그 흉측한 몸뚱이를 들여다본다 어떤 객기로써
불행을 연습하듯이

피 흘리며 죽어 있는 쥐

불행을 연습하듯이
불행을 경도하듯이
어긋난 잇새로 악취의 주문이 터져나온다
그때

저기 모퉁이를 돌아

네가 온다, 제발
오지 마요 오지 마 내게로 오지 마

웃으며 손을 흔들고 너는

피 흘리며 죽어 있는 쥐
비로소
불행을 시작하듯이

오래된 식탁

어떤 나무의 시체일까

우리는
지금 여기 앉아 밥을 먹는다
그만 먹어 그러다 체하겠다
그렇지만 멈출 수 없다 무서워
무서워서

밥을 먹는다
지긋지긋해 이까짓 먹는 얘기 먹고사는 얘기

사귀자 우리, 별안간 고백을 하면
체하겠다 그렇지만
멈출 수 없다 무서워
무서워서
너는 덥석 손을 잡겠지 다른 한 손에 숟가락을 꼭 쥔 채

누군가를 사랑하는 일이
개라면, 겁에 질려 맹렬히 짖어대는 창밖 저것이

사랑이라면

참 재밌다
우리는
지금 여기 앉아 웃는다 앙상한 꼬리를 흔들며
그만 웃어 그러다 울겠다
그렇지만 멈출 수 없다 어디선가 자꾸만 썩는 냄새가 나

어떤 나무의 시체일까,
우리는

지금 여기 앉아 밥을 먹는다
식탁은 깨끗하고 식탁 위 그릇은 허연 김을 피워 올리고
우리는 밥을 먹는다 죽기 전에 어서
울면서 먹는다

달아나는 저 개를 붙잡을 수 없다

바로 거기, 문이 있다는 것만으로도

장이지

자기 자신과의 직면

『심장에 가까운 말』(창비 2015)이 나온 지 얼마 되지 않은 듯한데 벌써 두번째 시집이라니 박소란의 성실함에 놀랐다. '벌써'라는 말에 어폐가 있다면 첫 시집의 여운이 아직도 어제처럼 이어지고 있다고 고쳐 말하고 싶다.

박소란은 어딘지 과묵하고 심지가 굳어 보인다. 시류에 휩쓸려 시 이외의 것에 기웃거리는 일 없이 자기만의 세계를 잘 지켜왔다. 「아현동 블루스」의 저 '90년대식' 정서나 '경'(「경에게」) 혹은 '미자'(「미자」, 이상 『심장에 가까운 말』) 등 훼손된 채 잊힌 존재를 향한 노스탤지어는 내게도 친숙한 것이어서 이 시인을 나는 더 가깝고 정겹게 여겼다. 도시의 후미진 변두리의 감각이나 가난하고 추레한 일상을

154

그리기로는 그녀만 한 시인이 많지는 않으리라고 생각한다. 전자파가 몸에 해롭다는 것을 알면서도 전기장판에 누우면 "어떤 슬픔에도 끄떡하지 않는다"고 노래한 「전기장판」이나, 반지하방으로 이사하는 날의 르쌍티망을 이삿짐의 너절함이라든지 용달 아저씨의 짜증 같은 것으로 잘 버무려낸 「엄마와 용달과 나는」과 같은 시 몇편만 훑어보아도 이 평가가 과분하지 않음을 알 수 있을 것이다.

첫 시집에서 "노래는 구원이 아니어라/영원이 아니어라/노래는 노래가 아니고 아무것도 아니어라"(「노래는 아무것도」)라고 절규한 것을 잊기라도 한 것처럼 시인은 참 부지런히도 노래만 불러왔다. 청승맞다면 청승맞은 일이다. 그러나 이번 시집에서는 그 노랫가락이 어떤 낭만성이나 비극적인 운명성과는 다른 결을 보여준다. 가령 "무서워요 아버지, 아름다운 것은"(「파」)이라는 구절도 그렇지만, 시적 화자가 자신의 불행에서 '아름다움'을 볼 때, 그것은 인간이 자기 자신과 직면하는 순간이 아닐까 하는 느낌이 문득 드는 것이다. 그런 본질적인 장면에 대해 설명해보려 한다.

욕망하지 않는, 죽어가는

조금 딱딱한 이야기부터 해보자. 인간 행동을 규정하는

내면적 요인에는 동기부여적인 면과 규범적인 면이 있다. 동기부여적인 면에서 인간을 움직이는 것은 욕망이다. 인간에게는 누구나 행복해지고자 하는 행동이 있다. 규범적인 면에서 인간을 움직이는 것은 세계상(眞), 도덕의식(善), 미의식(美)이다. 진선미의 기준에 따라 인간은 어떤 행동을 하거나, 하지 않는다. 이 후자의 철학적인 논의는 까다롭기도 하거니와 당장 우리의 논의에 필요하지도 않다. 우리의 논의에 필요한 것은 '욕망'이라는 동인(動因)이다.

박소란의 시에서 주목해야 할 점은 욕망의 움직임이 잘 드러나지 않는다는 것이다. 박소란 시의 화자들에게 행복은 일의적(一義的)이 아닌 것처럼 보인다. "상추로 인해/행복해질 것인가"(「상추」)라든지 "고작 물을/한모금"(「물을 마신다」) 마시고 마는 것에서도 알 수 있듯이 화자의 욕망은 지극히 미소(微少)하며, 그마저도 억압되기 일쑤이다. "얘들아, 여기서 그렇게 웃으면 안된다"(「병원」)고 하는 행복에 대한 '금지'가 욕망의 움직임을 가로막는다. "나는 살아요 나를 죽이고/또 시간을 죽여요"(「벽제화원」)라고 발설하는 화자의 어두운 마음은 우리의 마음도 무겁게 한다. 연애 같은 것은 과거지사가 된 지 오래되었다. 「깊이 좋아했던 일」의 화자인 '나'는 "좋아한다는 것은 무엇일까 깊이 좋아한다는 것은"이라고 회의주의자처럼 말한다. 좋아하는 사람이 선물로 준 화분의 나무를 산에 옮겨 심어버리는 연애는 다분히 우울증적인 것으로 비친다. 「마음」의 화자는 어떤가. '나'는 미구에 닥쳐올 불행에 대해 말했다가 '당신'을 실망시킨다. '당신'은 "왜 그렇게 말해요?"라고 노기를 담아 '나'의 말에 반대한다. 그런가 하면 박소란 시의 화자들은 삶이란 죽어가는 것이라고 믿으며 죽어가는 것에 지나친 관심을 보인다(「로드킬」). 심지어 「끈」에는 자살을 연상시키는 이미지들이 연달아 나온다.

그런데 다른 한편으로 박소란 시의 화자들은 생존에 대해서도 집착한다. '삶'이 아니라 '생존'이다. 그것은 어떤 의미에서는 '죽음 이후'의 상태와도 유사하다. "나는 걷고 있고 그러므로 살고 있다"(「천변 풍경」)라든지 "당신은 여전히 아스팔트 위를 걷고 여전히 살아 있다"(「이 단단한」)에서 알 수 있듯이 그들은 '살아 있음'을 거듭 확인한다. 그러나 "나를 죽이고" 여전히 살아 있다면, 그것도 살아 있는 것이라고 할 수 있을까. 박소란 시의 화자들은 '삶의 의미'를 잃어버린 것이다.

박소란 시의 화자들은 자신이 무엇을 원하는지 자신의 감정이 무엇인지도 알 수 없게 되었다. "무엇을 좋아하고 또 그리워하는지"(「비닐봉지」) 모른 채, "벤치에 앉아 알 수 없는 것들을 돌이켜 생각"(「한 사람」)한다. "모르겠어요/실은 우리가 국수를 좋아하기는 했는지"(「심야 식당」)라는 회의는 오히려 가볍게 느껴지기조차 한다. 그들은 "어디로 향하는지도 모른 채"(「손잡이」) 살아간다.

시적 화자의 삶은 빈약해진다. 그녀는 사람들이 자신을 비난한다고 생각한다. 비참한 삶을 살아가는데도 "사람들이 몰려와 손가락질을"(「목」) 한다. 욕망은 재차 금지된다. 그것은 그녀가 살아 있다는 것에 대한, 다시 말해 존재 자체에 대한 비난으로 여겨지는 면도 있다. 물론 그러한 생각은 그녀 자신의 편집증적인 믿음이다. 그녀는 죽은 듯이 살기로 마음을 다잡는다. "사람들은 왜 자꾸 힐끔거리나 뭐라고 귓속말을 주고받으며 금 간 벽처럼 웃나"(「가발」) 괴로워하면서 자기 자신의 내면으로 움츠러든다. 양말 속의 "죽은 발톱"(「양말」)을 다른 사람에게 들키지나 않을까 전전긍긍하면서. "죽은 발톱"은 죽어버린 마음이다. 이번 시집에서 시인은 그것을 자주 들킨다.

은폐된 타자성

삶이 빈약해진다는 말의 함의를 조금 풀어서 설명할 필요가 있다. 그것은 주체의 '세계'가 좁아진다는 의미이다. 주지하다시피 '돌'은 세계를 가지지 않는다. '동물'은 세계를 조금만 가질 뿐이다. 반면에 인간은 넓은 세계를 가진다. 그런데 이번 시집에서 박소란의 '세계'는 전작에 비해서 다소 좁아진 면이 있다. 사회적인 관계라는 면에서도, 점유하는 공간의 차원에서도 그렇다.

시인은 무심결에 웅크린다. 이 '웅크림'에 주목해보자. 그것은 욕망의 금지에 따른 결과이자 공포의 대상이 되어 버린 '비난하는' 타자들에 대한 방어의 자세이다. 시적 화자 '나'는 "고아처럼 웅크려"(「쓰러진 의자」) 잠이 든다. 시 인은 이 '웅크리다'라는 동사를 자주 동물과 결부시켜 사 용한다. 첫 시집에서도 '비닐봉지'의 보조관념으로 '고양 이'를 사용하면서 "밤사이 웅크려 죽은 한마리 고양이" (「나의 고양이가 되어주렴」)라고 쓴 바 있다. 박소란 시의 화 자들은 그 동물들이 "내가 없는 틈을 타 작은방 한켠에 웅 크려"(「애완동물」) 우는 것은 아닐까 생각한다. 또 "개처럼 곤히 웅크리거나" 개처럼 "컹컹 울곤" 하면서 "개를 닮아" (「개를 찾는 사람」)가는 사람을 떠올리기도 한다. 박소란의 시에서 '웅크림'은 동물적인 자세이다. 그것은 세계를 조 금만 가진 자의 내향성을 신체적으로 현시한다.

타자가 사는 세계는 박소란 시의 화자들에게는 지나치 게 배타적이다. 이때의 타자는 금지하고 비난하는 존재로 서의 타자이다. 그러므로 시적 화자가 "사람을 원치 않아 요 진심입니다"(「깡통」)라고 말하는 것을 어느 정도는 이 해할 수 있다. 그녀는 사람들을 피해 달아난다. 타자는 두 려운 존재이기에 그녀에게는 그들에게서 자신을 지켜줄 단단한 '벽'이 필요하다. "벽은 온화하고 벽은 진중하니까 벽은 꼭 벽이니까"(「벽」)라고 화자는 말한다. 독자들이 보 기에 그것은 고립이지만, 화자는 바로 그 고립을 원한다.

화자는 자신의 원룸으로 돌아간다. 그리고 윗방에 새로 이
사 온 남자와의 "우습고 더러운 사랑"(「원룸」)을 상상한다.
상상하지 않고서야 다른 무슨 일을 원룸에서 할 수 있으
랴. 더욱이 상상이 아니라면 어떻게 미지(未知)의 타자와
관계를 맺을 수 있으랴. 이 어두운 방을 나서면 '나'는 더
이상 '내'가 아니다. '나'는 "검정은 나를 입고 잠시 외출
한다"(「검정」)고 어두운 말을 한다. '나'는 원룸에 의해 소
외된다. 2000년대 이후를 대표하는 이 사회학적인 공간이
'나'를 지배한다. 그 비좁은 공간에 산다는 것은 '나'의 모
든 것을 웅변적으로 보여준다. '나'는 원룸이다. 방 그 자
체이다. 원룸에 틀어박혀 있을 때 '나'는 가장 '나'에 가깝
다. 그러므로 "어서 돌아가고 싶다 나의 방으로"(「뱀에 대
해」). 그런데 그 방에는 '뱀' 같은 것이 똬리를 틀고 있다.

　　이런 비밀에 대해서라면 언젠가 배운 적이 있지 알 듯
　말 듯 한 삶의 금언까지도
　　그렇다면 오,
　　환영의 인사를 건네야 하는 건 아닐까 이 징그러운 날
　들 앞에

　　웃으며 너는 내 손을 잡을 수 없겠지

　　다른 무엇도 아닌 뱀이라면

한마리 뱀을 껴안고 잠드는 밤이라면, 그래 뱀이 아닌 무엇이라 해도
　　껴안지 않고는 견딜 수 없는 이야기라면 말이야

　　시퍼런 독을 품고 아가 내 귀여운 아가 다독이다보면
　　밤은 꼬리를 감추고 슬그머니 숨어버리기도 하는걸
　　　　　　　　　　　　　　　　　　——「뱀에 대해」부분

　박소란 시의 화자는 자주 말한다. 당신이 알고 있는 '나'는 '내'가 아니라고. 진짜 '나'는 어디에 있는가. '나'의 내면에는 뱀처럼 징그럽고 지긋지긋한 것이 도사리고 있다. 그것은 억압된 욕망이, 어쩌면 행복을 추구하는 이기심이 요괴의 형상으로 회귀한 것인지도 모른다. 이 비밀을 지키기 위해 '나'는 항상 괴로워한다. '나'는 바로 그것이 진짜 '나'라고 말하면서도 자신의 내면에 이물스러운 것을 격리해둔 채 바깥으로 나간다. 이물스러운 것은 '방'으로 표상되는 자신의 내면에 깊숙이 봉인된다. 그것은 끝까지 감춰져 있어야 한다. 스스로의 타자성을 은폐하면서, '나'는 누군가 그것마저 승인해주기를 기다리는 것이 아닐까. 히끼꼬모리의 마음의 벽은 은폐가 거듭되면 될수록 날로 두꺼워진다.

자기의 타자화

박소란은 스스로의 타자성을 은폐하는 데에서 더 나아가 그 타자성을 인격화한다. 그렇게 하면 내 안의 타자를 번거롭게 감출 필요가 없다. 내 안의 타자는 원래부터 '나'와는 무관한 독립적인 존재인 것처럼 행세한다. '나'와 '그'는 전혀 모르는 사이가 된다. 내 안의 스위치가 켜지면 다른 인격이 의식의 표면 위로 떠올라 '나'를 대신한다. 박소란 시의 화자는 자신이 다중인격이라는 사실을 모르는 다중인격자처럼 '내'가 부재하는 시간에 일어난 일들을 확인하고 당혹감을 느낀다. "누군가 내 집에 다녀갔다 내가 없는 사이"(「물을 마신다」)에서처럼 시적 화자인 '나'는 누군가의 흔적을 자꾸 발견한다. 그것은 '나'에게 결코 익숙해지지 않는 일이다. 가장 안전한 장소이어야 할 집에서 '나'는 미지의 존재와 동서(同棲)하는 형국이다.

사람이다, 문을 여니
빛이었다 블라인드 틈으로 몰래 기어든
내 빈 책상에 엎드려 곤히 잠든
그를 향해 천천히 다가갔다 주머니 속 언 손을 꺼내어 내밀었다
이내 거두었다 깰까봐 깨어 달아날까봐
　　　　　　　　　　　　　　　　　　—「한 사람」 부분

'그'는 '나'의 소유물인 책상을 허락도 없이 향유하다가 자는 것을 들킨다. 자는 모습을 보니 별로 무섭지 않다. 어쩌면 무서운 것은 곤히 잠든 '그'가 아니라 '나' 자신인지 모른다. '나'는 「뱀에 대해」의 '뱀'과 같은 존재인지 모른다. "사람이다"에서 알 수 있듯이 '그'는 평범한 사람이지만, '나'는 사람과는 구분되는 무엇이 아닐까. '나'는 '그'가 "달아날까봐" 불안해한다. 그러나 사실 '나'는 '그'가 타자화한 '그'의 일부이다. 유체이탈자처럼 방 안을 떠다니며 자신의 잠든 모습을 낯선 듯 보고 있지만, "곤히 잠든" 모습에 안쓰러움을 느끼기도 한다. '그'에게서 부정된 '나'이지만, '나'는 '그'이기를 그만둘 수 없다. 그런 사실을 잠든 '그'는 모른다. 불가지성 속에 있는 '그'는 다른 존재를 흔적으로만 감지하고 불안해한다.

이 불가지성은 손쉽게 초자연적인 현상과 연결된다. '나'는 이 잘 모르는 존재를 유령이라고 믿어버리고, 자신이 사는 "오래된 건물에는 귀신이 산다"(「귀신의 집」)고 발설한다. 자다가 장롱을 열어보고 싶어지고, 그러면 장롱 안의 누군가가 '나'에게 말을 거는 무서운 상황이 발생한다(「자다 일어나 장롱을 열었다」). 「습관」에서 "돌아서면 머리카락이 자라고 손톱이 자"라는 것은 누구인가. 「위령미사」에서 위령의 대상이 되는 것은 '안토니아'인가, 노래하는 '형제 자매'인가. 그것은 애매한 상태로 처리되어 있다.

'죽음'은 타자성의 극한 형태로 '나'와 함께 있다. 더 정확히 말하자면, 죽음은 '나'의 일부이다. 시인은 삶이란 죽어가는 것이라고 말하지만 죽음이 '나'의 일부라는 사실을 시인이 좋은 마음으로 긍정하는 것은 물론 아니다. 그것은 시인에게도 역시 가장 낯선 것이다. 그래서 시인은 '나의 일부'인 죽음에 유령의 형상을 부여한다.

그러나 자신의 일부를 온전히 타자화하는 일이 실제로 가능할까. 그것은 다중인격자에게는 필요한 일인지 모른다. 다중인격자는 자신이 감당할 수 없는 부(負)의 감정, 트라우마의 세계를 타자화하여 원래의 인격 바깥으로 분리함으로써만 살아남을 수 있게 된 존재이므로 자신의 타자화 없이는 제대로 살 수 없다. 그럼에도 자신의 타자화는 언제나 불완전하게만 가능하다고 말하고 싶어 한다. 하지만 언제까지나 스스로의 타자성을 은폐하고 부정하면서 히끼꼬모리가 되거나 다중인격을 연기할 수는 없다. 인간의 언어 자체가 일종의 타자이기 때문이다. 언어를 사용하는 한 인간은 타자를, 욕망을 인정하지 않을 수 없다. 언어라는 타자와 섞임으로써 '나'라는 개별자는 보편적인 존재로 번역될 수 있으며, 보편적인 존재인 한에서 인간은 서로를 이해할 수 있는 실마리를 얻게 된다.

닫힌 문을 두드린다는 것

언젠가는 반드시 자기 자신과 직면해야 하는 순간이 온
다. 어떤 철학자는 그것이야말로 예술의 본질이라고까지
역설하지 않았던가. 이번 시집에서 박소란은 '문'을 중요
한 장치로 거듭 사용하면서 그 직면의 가능성을 열어두고
있다.

박소란의 시에서 '문'은 "그럴듯한 삶"으로 열려 있는가
하면(「손잡이」), 망자의 세계로도 이어져 있다(「외삼촌」). 누
군가는 '문'이 열리면 '나'를 떠나고(「모르는 사이」), '나'는
슬픈 얼굴로 "한 사람의 닫힌 문을 쾅쾅 두드"린다(「감상」).
'문'은 일관성을 띤 상징은 아니다. 그러나 다음 장면에서
잘 알 수 있듯이 '문'은 거기에 있다는 것만으로도 큰 위안
이 된다.

오, 이런,
아무 일도 일어나지 않았어요 일어나주지 않았어요

고작 감기일 뿐인데 죄송해요
울먹이면서
멀쩡히 잘 살아갑니다, 실없는 꿈속에서

어디야? 전화를 받지 않는 엄마

거기 먼 집
닫지 못한 문이 있고 여태
늦된 겨울을 건너다보고 있을 엄마, 감기 조심해
―「독감」부분

죽음의 세계에서 '엄마'는 딸을 걱정하면서 '문'을 닫지
못한다. "실없는 꿈속"에서의 일이다. 하지만 딸은 그런 꿈
을 통해서라도 돌아가신 어머니를 향한 하나의 통로로서
'문'을 닫지 못하는 것이 아닐까. "늦된 겨울"이라는 표현
에는 복잡한 감정이 교차한다. 시적 화자는 이 '슬픔의 겨
울'이 더디게 지나간다고 생각한다. 또 '엄마'와의 대화가
너무 '늦은' 것은 아닌지 자신을 비난하는 마음도 섞여 있
다. 이 두 감정이 "늦된 겨울"이라는 표현에 혼재하는 것
은 아닐까. 늦게까지 닫히지 않던 '엄마'의 집 대문을 떠올
리며 딸이 돌아가신 어머니의 마음에 가닿는 장면은 슬프
고 아름답다.

이 세상 모든 어머니의 마음을 딸이 조금이라도 안다면,
딸은 비록 어머니와 함께 누리지 못한다고 하더라도 행복
해져야 할 것이다. 행복해지고자 하는 욕망을 인정해야 할
것이다. 이 시집에 그려진 '문'들은 여전히 '벽'에 달린 것
이고, 게다가 미지의 세계로 이어진 것이지만 그 자체만으
로도 우리에게 위안을 준다. '문'을 열면 우리가 한번은 부
정한 우리 자신의 어둠과 만나게 될 것이다. 그 어둠과 만

나지 않는 한 '우리'는 '우리'가 될 수 없는 것이 아닐까. '나'는 '내'가 될 수 없는 것이 아닐까. 이번 시집에서 박소란의 시가 궁극적으로 이르고 있는 지점은 이 언저리가 아닌가 싶다. '내'가 온전한 '나'로 되는 이 숭고한 순간을 "닫힌 문"을 두드리는 평범한 순간으로 전치함으로써 시인은 자신이 이른 경지를 입증했다. 그녀가 "닫힌 문을 쾅쾅 두드"릴 때, 그 묵직한 울림에 우리는 경이를 느끼지 않을 수 없다.

張怡志 | 시인

'아름답다'를 대신할 말이 없었다.
'울음'이나 '웃음'과 같이,
'나'는 지우려 해도 자꾸만 되살아났다.

스스로도 감지하지 못한 사이 거듭 '문'을 열었고
그 사실을 끝내 들키고 싶었다.
문을 열면, 닫힌 문을 열면
거기 누군가 '있다'고.

있다고.

보이지 않는 것을 믿는다.
보이지 않는 '사람'을 더 깊이 '사랑'한다.

2019년 1월
박소란